Découvrez l'histoire par les archives de presse

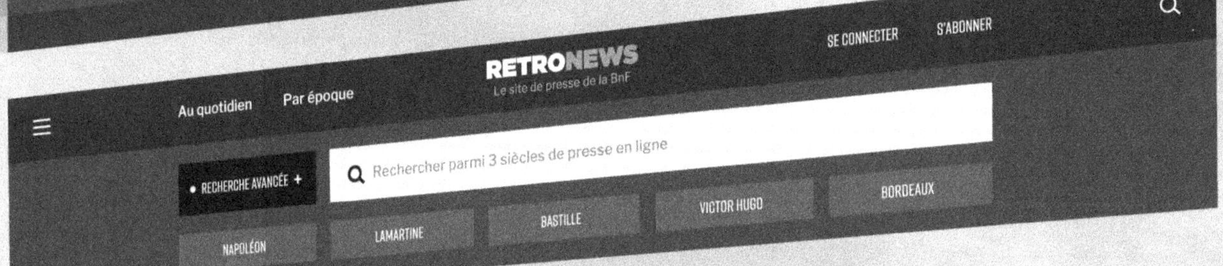

RETRONEWS

Le site de presse de la BnF

www.retronews.fr

Les
ÉCRITS
NOUVEAUX

A PARIS,

chez **ÉMILE - PAUL**, *frères*

100, Rue du Faubourg - Saint - Honoré

Dépositaire pour la Suisse :
W. KUNDIG
LIBRAIRIE ARTISTIQUE
Passage des Lions, GENÈVE

Un an : 12 francs

Le numéro: **1** fr. 5o

ABONNEMENT

Tout abonnement part, sauf ordre contraire, du mois dans lequel on s'abonne.

Le N° 1 (novembre 1917) est complètement épuisé.

Toute irrégularité dans le service de la revue doit être signalée

à la Rédaction elle-même, dont c'est le seul

moyen de contrôle.

L'ÉVENTAIL

REVUE DE LITTÉRATURE & D'ART
PARAISSANT À
GENÈVE

KUNDIG
ÉDITEUR Passage des Lions 7 GENÈVE.
DÉPOSITAIRE POUR LA FRANCE
G. CRÈS & Cⁱᵉ 116 Bᵈ Sᵗ Germain . PARIS
LE NUMÉRO : f 1.25
ABONNEMENTS : SUISSE 12 F.   FRANCE 14 F.

décembre.

NOTRE PASCAL [1]

Lucere et ardere perfectum est.
Le feu avec la lumière, c'est la plénitude.
Saint Bernard.

LA rencontre de Pascal avec Spinosa est une des plus belles qu'on pût imaginer. L'homme d'Amsterdam avait dix ans moins que l'ascète de Port-Royal, et il lui a survécu de quinze. Ils diffèrent et se ressemblent étrangement. Ou plutôt ils se ressemblent autant qu'on peut faire en différant le plus, et ils sont aussi différents qu'on peut l'être en étant le plus semblables. Ils sont morts fort jeunes l'un et l'autre, sans doute du même mal, Spinosa à quarante-quatre ans, Pascal à trente-neuf. Ils tournent le dos au siècle et ils absorbent le monde. Sans être saints, ils pratiquent la sainteté. Ils vivent en Dieu, chacun à sa manière, ou s'y essaient. Ils veulent être pauvres. L'esprit les dévore. Ils semblent retirés de tout, et ils ne réservent rien. Discrets dans leurs mœurs et même prudents, leur audace est extrême. Ce qu'on lit d'eux n'est rien, près de ce qu'on y peut lire.

Les entretiens qu'on suppose entre gens que des siècles et des abîmes séparent vont rarement au delà de la curiosité. Je n'y vois qu'un jeu, et entre les deux plaideurs, le tiers qui tire tout à soi est l'auteur du dialogue. Mais des hommes qui ont vécu dans le même temps et que mille liens attirent l'un à l'autre de la pensée et du sentiment, il est bien permis

[1] Voir *Les Ecrits nouveaux*, août-septembre 1918.

d'imaginer qu'ils auraient pu s'entretenir et débattre ensemble. Pascal, si entier et si douloureux dans la certitude, eût enfin trouvé à qui parler, d'une certitude égale et contraire dans un calme étonnant pour lui et une accablante sérénité. Un tel entretien est une tragédie sublime de l'esprit.

Pascal nihiliste en tout, dans la sphère du monde et de la vie humaine, ne doute pas. Il tient Dieu et s'y tient. Mais il ne le tient que dans Jésus-Christ et de Jésus-Christ. Tout est pendu à la Croix, tout en découle, tout en dépend. Si on lui ôte Jésus-Christ, Pascal est le plus terrible des hommes à nier tout ce qu'on croit, tout ce qui se fait dans le monde, tout ce qui est ou qui se flatte d'être. Or, Spinosa pouvait lui ôter Jésus-Christ, ou le lui ébranler pour le moins, jusqu'à l'arracher lui-même du sol qui le nourrit. Pascal pend à Jésus comme ver et terre à l'unique racine de l'arbre et de la vie.

On n'observe pas assez que la mystique de Pascal est fondée sur l'histoire. La passion de Pascal n'empêche pas l'esprit de géométrie. Toute croyance s'assure dans le cœur, et vient du cœur seulement. Mais le cœur ne prouve pas. L'ordre des preuves est celui de l'esprit. Pascal les cherche dans l'histoire avec toute la rigueur dont il est capable : celle du géomètre qui ne se paie pas de fausses raisons. Pour Pascal, qui se moque de toutes les histoires, une seule histoire a des preuves : celle de la vraie religion, qui est tout entière dans les Ecritures, l'Ancien Testament servant de preuve perpétuelle à l'Evangile et à l'Eglise.

L'Apologie de Pascal est un système de concordances. La Bible est la crypte, les assises et tous les piliers de la fabrique ; l'Evangile est la nef avec l'Eglise. Si on lui retire les miracles et les prophéties, l'édifice s'écroule, on lui retire tout ; et Pascal ne peut plus croire. Car le cœur ne crée pas la croyance : il assure les raisons de croire. En fait, on croit tout ce qu'on veut, et les hommes ont cru toute sorte de fables. Mais on ne peut croire à bon droit et sans folie que la religion du Christ.

Pascal se donne un mal de tous les instants, il fait un effort immense pour prouver aux incrédules, aux tièdes, aux Juifs et aux athées qu'ils ne sont pas raisonnables.

(292)

Si leur raison est éclairée, et si Dieu leur en fait la grâce, ils doivent se rendre à la double preuve des miracles et des prophéties. Il faut savoir lire la Bible et le livre de Dieu : tout y est marqué, tout y est prouvé, tout y est écrit. Cette science seule importe : Pascal l'invoque, il la professe absolument et ne l'a pas.

Sans les miracles, l'Eglise n'est pas divine. Mais il ne cherche pas ce que sont les miracles : il croit les témoins que le miracle autorise. Sans les prophètes, Dieu est sans preuve. Mais ce qu'est le prophète, Pascal ne s'en inquiète pas. Jésus-Christ attendu de tout temps et prédit, — mais par qui ? — la vraie religion toujours prouvée par les miracles, — mais quels sont-ils ? — voilà où Pascal s'attache ; voilà sa foi et son apologie. Il en parle partout ; il y revient sans cesse. Il s'accorde les principes du système, et il en déduit tout le reste. Il n'a aucune idée que les Juifs puissent être des hommes comme les autres, et leurs livres des écritures pareilles à tous les autres écrits. Il doute de tout, mais non de l'histoire sainte. Il lui faut une mission des Juifs, un peuple élu et maudit. Une petite nation, des mortels comme tous les mortels, une histoire politique, d'affreuses vissicitudes, une misère durable, une vieille langue qui n'a rien de divin, des mœurs antiques altérées de mille manières, de vieux récits à la Tite-Live, un code et des lois, une liturgie et des prêtres, Pascal ne songe pas qu'il n'y a rien de plus dans la Bible et les Juifs. C'est pourtant ce que Spinosa lui eût fait connaître, ou même Richard Simon. Mais Richard Simon pouvait douter de la lettre ou la critiquer, sans faire aucun doute ni critique de l'esprit. Richard Simon n'est qu'un érudit : il se passe de penser. Spinosa est plus hardi et d'une autre conséquence.

Pour moi, je ne puis concevoir Pascal lisant la Bible avec Spinosa et demeurant chrétien. Raisonnant en géomètre sur les preuves de l'histoire, il eût été plus loin que Spinosa lui-même. Qu'il vécût vingt ou trente ans de plus, après ce voyage dans la critique, à quel terrible retour d'âme ne se fût pas jeté ce puissant génie ? Ayant publié son apologie, je le vois la détruisant d'une pensée pleine de foudres. Car Pascal est bien moins fort à bâtir qu'à détruire. De l'apologie, il ne reste presque rien ; tandis que la force de destruction, dans les *Pensées*, est intacte : contre toutes les misères de la nature, contre tous les mensonges de la Cité, de la loi et de l'opinion, de la raison et de l'instinct, de l'homme et de l'univers, l'esprit de Pascal a gardé le même fil et le même inflexible acier.

Pascal, dupe de rien, ne le fût pas resté d'un livre. Il perce toute idée, toute opinion et la plupart des sentiments jusqu'au point de moëlle où il faut trouver Dieu ou rencontrer le vide effrayant de l'absurde illusion et de l'éternel néant.

On ne fait point le procès de la raison sinon par la raison même. On ne doute donc pas de la raison, mais seulement qu'elle suffise à tout, et soit le tout de l'homme. Nous sommes condamnés à la raison perpétuelle comme à notre condition charnelle. Nous devons vivre dans cette double prison. Qu'il faille nous y faire, soit. Mais que nous ayons tout orgueil et toute joie de notre captivité, quelle niaise prétention et quelle ridicule vanité.

La raison déduit et vérifie l'univers selon elle plutôt que selon lui.

Nous ne pouvons rien sans la raison ; mais encore moins pouvons-nous tout obtenir d'elle. « Travaillons donc à bien penser. » Et bien penser, certes, c'est connaître notre prison, et les limites de la raison comme de tout le reste.

On se trompe sur Pascal, faute d'être poète.

Il faut prendre de tels hommes dans leur rythme et leur mouvement plutôt même que dans la rigueur de leurs écrits. J'aime saint François, j'admire Pascal pour ce qu'ils sont, et non pour ce que je puis en faire, encore moins pour ce que je suis. A quoi bon y aller de soi-même ? Ne sommes-nous pas assez dans tout ? ou trop assurés de notre prison ? Pour quoi prendre parti ? Puissé-je m'oublier plutôt ! on ne s'oublie qu'en se multipliant : on joue alors à se perdre. Il n'y a que ce petit nigaud de Petit Poucet pour semer des cailloux dans la forêt des âmes : il doit être critique de son métier.

Les théories d'un homme finissent par ne plus être à mes yeux que les horizons de sa propre vie : il les offre à la curiosité du poète, pour qui toute vie est une scène et un héros de l'unique drame. Plus vaste est l'horizon ou plus belle et plus rare l'âme du personnage, plus je m'y plais. J'y fais route, j'y voyage, et ne me fixe pas : je passe. J'ai pour loi de passer : mon drame n'a toute grandeur et toute beauté qu'à la condition que les caractères se succèdent, que les scènes passent. Peu d'hommes en usent de la sorte : l'imagination leur manque ; et ils recourent au système pour y suppléer. Les hommes se paient de savoir, faute d'inventer.

Sainte-Beuve lui-même trouve que la politique de Pascal rappelle celle de Hobbes et de Machiavel. Quelle idée ? Pascal ne dit pas que ce soit sa politique. Sa grandeur morale et son sens de la justice n'ont jamais été atteints : on le voit assez dans les *Provinciales*. Hobbes et Machiavel tiennent pour le tyran, et pour la logique sans pitié du succès ou de la force. Pascal n'est pas si simple. Quand il montre la force, l'opinion sa fille et toutes les formes de la tyrannie, sans oublier la justice des hommes, mener le monde et les peuples, il peint la vie : il voit le vrai et le fait voir avec une sagacité incomparable. Il ne donne pas son blanc-seing à la nécessité, qui s'en passe. Tout ainsi, il n'est pas contre la raison, même s'il l'invective : il ne l'appelle pas imbécile parce qu'il la méprise, mais parce qu'elle est sans force en effet. On ne fera jamais comprendre cette vue si libre à tous nos partisans.

Pascal n'est dupe de rien, pas même de la foi : il ne l'est que des miracles. L'ironie n'est pas médiocre. Et si toute la foi ne dépend que des miracles ? On est toujours un peu de son siècle : Pascal est du sien par là.

Il sait le secret de tout ce qu'il croit : c'est qu'il ne croit rien, sinon en Dieu et en Jésus-Christ. Il est faux de dire

que Pascal doute : il nie. Moins Jésus-Christ, il nie tout
l'ordre du monde et l'ordre même de l'esprit.

Il ne croit pas plus à la science qu'au roi, tout en étant
sujet fidèle et savant plein de génie. « La grandeur des gens
d'esprit est invisible aux rois, aux riches, aux capitaines,
à tous ces grands de chair. (¹) » Mais l'acte de foi justifie
en même temps l'ordre de l'Etat et la géométrie.

Cependant, l'Etat ni la science n'ont pas de vertu ni de
preuves en eux-mêmes. La science doit être l'essai mais non
l'emploi de nos forces. (²) « Nous n'estimons pas que toute
la philosophie vaille une heure de peine. (³). » La méthode
mathématique ne mène à rien, si ce n'est à la géométrie.
Pascal la regarde comme un jeu, et la science également.
C'est une tout autre attitude d'être homme, de vivre et de
bien vivre, de mourir et bien mourir.

(¹) *Pensées*, xvii. 1 (Havet).
(²) *Lettre à Fermat*, 10 août 1660.
(³) *Pensées*, xxiv, 100.

André Suarès.

I

SUR la route où descend la sombre Perséphone,
Je te cherche, en tenant dans mes mains la couronne.

Car pour toi j'ai tressé sur la rive muette
Au laurier ténébreux la pâle violette,

Et je viens à présent sur les profonds chemins
Que connait Perséphone aux gestes souverains,
Pour te donner ces fleurs que cueillirent mes mains...

II

Mon cœur était si lourd, mon âme était si lasse,
Lorsqu'un soir près de moi tu parlas à voix basse,
Que j'ai d'abord souffert de te sentir si lasse.

Tu m'as dit tous les maux de ton passé profond
Et je les découvrais, semblables sous ton front,
A tous les maux obscurs de mon passé profond...

(297)

Le soir venait avec des ombres violettes...
Et toutes les douleurs lointaines des poètes
Flottaient sur nous avec les ombres violettes...

Tu posas dans mes doigts vivants tes vaines mains
Et je sentis alors nos deux passés humains,
Chargés du mal profond de tous les cœurs humains,
S'étreindre éperdument à travers nos deux mains.

III

A l'abri de la vie et du cruel amour,
Je veux dormir, à l'heure où le soir est trop lourd
Pour qu'on ne sente pas tout le mal de l'amour...

Je veux dormir dans la langueur crépusculaire,
Pour que l'oubli me fasse une âme plus légère,
Je veux dormir dans la langueur crépusculaire,

Je fermerai mes yeux à la splendeur du soir,
Pour ne plus écouter ta voix, pour ne plus voir
Ton rire impérieux, ô volupté du soir!

Et j'attendrai qu'enfin, ceintes de violettes,
Les heures de la nuit, divinement muettes,
Dociles à l'appel de mon dernier espoir,
Effeuillent dans mes mains leurs pâles violettes...

J. Galzy.

IOANN LE TERRIBLE

CZAR ET GRAND-DUC DE LA RUSSIE
CZAR DE KAZAN, D'ASTRAKHAN
ET DE SIBÉRIE

I

JEUNESSE

L'AN 1530, le 25 août, à sept heures du soir, un ouragan effrayant s'abattit sur la Moscovie. La pluie tomba à torrents. Le tonnerre éclata avec une violence épouvantable et, de mémoire d'homme, jamais de semblables éclairs n'avaient déchiré le ciel. Les astrologues prédisaient de grandes destinées pour la Moscovie.

Au même moment un enfant naissait au vieux Grand-Duc Vassily : Ioann, déjà Grand-Duc et futur Czar de Russie.

Huit ans après, il était orphelin de père et de mère.

Les fiers boyards jubilèrent et relevèrent leurs têtes. Maintenant ou jamais la Seigneurie russienne pouvait reprendre la place qui lui convenait. Depuis longtemps les Grands-Ducs moscovites avaient passé outre aux avis de la Douma des Boyards. Ils maniaient fort bien le poignard et le poison. Puis ils s'étaient fait Czars et avaient eu le peuple de leur côté. Leurs puissants vassaux ne furent plus que leurs domestiques. Domestiques soumis, n'osant qu'une rare révolte. Leur Douma n'avait plus aucun crédit.

« Elle en aura de nouveau », s'écrièrent les Seigneurs.

L'héritier n'avait que huit ans. Les boyards le plieront à leur gré ! Le prince Vassily Chouisky s'en chargeait.

Sans vergogne il s'empara du pouvoir, tuant et chassant les derniers protecteurs de Ioann.

Et l'enfant se vit tout seul au monde.

Son tuteur mourut bientôt. Jusque dans sa vieillesse, Ioann se rappela qu'il posait ses pieds sur le lit mortuaire de la régente, sa mère.

Le Kniaz Ivan Chouisky, plus dur encore pour l'héritier, remplaça son frère. Mais Ioann n'était pas seul au monde ; il avait un ami. Le métropolite Iasaaf fut plein de bonté pour l'enfant. Dans l'ardent désir d'entourer le jeune héritier de boyards fidèles et dignes, il fit signer à Ioann un ukase, libérant le prince Bielsky, l'ennemi juré des Chouisky. Le Kniaz Ivan, surpris par les événements, se retira, plein de rancune.

Ioann connut deux ans de bonheur. Les paysans russiens eurent pendant deux ans la paix.

Mais, cependant, une mystérieuse activité souterraine allait de Novgorod, ville du Voiévode Chouisky, jusqu'au Kremlin des Czars.

Le boyard Ivan prit sa revanche. Il la prit bien. Dans une nuit froide de janvier 1540, il pénétra avec ses trois cents cavaliers novgorodiens dans la demeure des favoris du Grand-Duc et les ligota. Puis ce fut le tour du métropolite qu'on chassa avec des pierres de sa cellule. Le vieillard chercha vainement abri auprès du jeune héritier. Les boyards pénétrèrent dans le palais et y menèrent sans aucun respect grand vacarme jusqu'au matin.

« Quel Grand-Duc suis-je ! » murmura le jeune héritier des Ducs puissants, terrorisé, mais rancuneux.

Prétextant un ordre du Grand-Duc, on fit tuer le fidèle Bielsky. Ioann ne le sut qu'après l'exécution.

« Attendez, boyards, attendez » répéta l'enfant, pleurant de rage.

*
* *

Le soleil, à peine levé, vient jeter par pleines poignées un peu de sa richesse éternelle sur la Moscovie glacée et réveiller d'un rayon espiègle le jeune Grand-Duc. Posant sa petite tête sur ses mains, Ioann songe. Il médite

(300)

comme un homme mûr. Car chaque jour nouveau apporte
une peine nouvelle à l'enfant et chaque peine nouvelle
mûrit son esprit.

Bientôt les boyards, ses gardiens, viendront avec des sa-
luts hypocrites et lui parleront des affaires d'Etat, avec une
moue dédaigneuse. Il doit se taire, car ses remarques sont
l'objet de la risée de tous et quelque boyard barbu lui dit
d'un ton persifleur : « Tais-toi, Grand-Duc, tu es trop jeune
pour nous contredire. »

Heureux encore pour lui s'ils n'affectent que du mépris,
car André Chouisky est encore pire que son frère Ivan.

Tout en l'abreuvant d'injures, il va parfois jusqu'à le
frapper, lui, le Grand-Duc. Il regarde ses vêtements tout
usés, les boyards ne lui prodiguent pas l'argent de son père...

Par les après-midis, calmes et limpides, il erre tout seul à
travers le Kremlin. Il médite toujours, cet enfant de dix
ans.

Pourquoi ses boyards persécuteurs le revêtent-ils de si
jolis habits quand vient un envoyé tartare, pourquoi sont-ils
si respectueux et bons avec lui pendant les cérémonies auxquelles assiste le peuple moscovite ? Et pourquoi, quand ils
sont seuls avec lui... ? Pourtant, c'est lui le personnage le
plus important, car tous s'agenouillent devant lui et tout
se fait en son nom. Comment alors osent-ils ?...

Et l'enfant ne sait pas trouver la réponse à ses questions.
Il s'achemine tout courbé, tel un vieillard, vers ses donjons,
qui lui semblent être ses bons et solides protecteurs.

Le jour se meurt. Un léger voile bleu noir descend lentement du ciel. Il frôle les gens, les bêtes et les choses. Il
les enveloppe, tandis que les flocons de neige se posent
riants sur eux.

Silence du soir. Calme de la paix.

Ioann s'arrête tout en larmes, sous une voûte noire ;
qu'il doit être bon d'avoir des gens qui vous caressent !

Au loin, les clochettes des traîneaux tintent joyeusement,
annonçant le retour au gîte.

Le crépuscule majestueux, douloureux. Ioann continue
sa marche solitaire. Il passe sous les arches du pont. Les
mille démons, soldats du vent glacial, traversent les arcades

sombres en hurlant et sifflant. Le petit Vania, saisi de frayeur, court à toutes jambes se réfugier à l'archevêché. On a chassé son bon vieil ami, mais le nouveau métropolite est aussi bon pour lui que l'avait été son prédécesseur.

Il va retrouver Makari dans sa cellule, pleine de livres. Avant d'entrer, il fait la prière rituelle, puis s'assied sur une chaise et lit dans un gros in-folio. L'enfant lit l'histoire des autres czars de l'Orient et de ceux de l'Occident. Son visage est fiévreux. L'angoisse du drame de son âme se reflète, saisissante, sur ses traits.

Il a donc des droits, lui, qu'il tient de Dieu lui-même ! Et d'autres les lui ont ravis. Mais comment démontrer que les boyards sont ses ennemis ? A qui se plaindre d'eux ? Il lit avidement les chroniques russes, les Saints Ecrits, l'histoire de Byzance, car il sait qu'il y trouvera la réponse aux questions tumultueuses qui le troublent. Il saura alors comment démontrer ses droits et démasquer ses oppresseurs.

Le moine austère, qui écrit près d'une lampe à huile, jette de temps en temps un regard sur le petit. Un sourire éclaire alors sa face d'ascète.

Don, don, don... L'immense cloche de la grande cathédrale sonne vêpres et din, din... les cloches des églises, des monastères, des chapelles, s'unissent à elle et jubilent vers les cieux leur hymne de gloire à l'Eternel.

Nuit sombre. Froid atroce. La lourde porte de l'archevêché s'ouvre. Le vieux métropolite sort, suivi du petit Grand-Duc. Malgré sa pelisse, Ioann a bien froid. Grelottant et cachant ses petites mains, il marche derrière le moine, dont la lanterne éclaire la neige laiteuse. Les battants de la chapelle grand-ducale s'ouvrent avec des grincements aigus. De petites lampes d'or et d'argent, âmes d'enfants prématurément morts, brûlent devant les icônes. L'obscurité monte lourdement vers le dôme et descend, glissant le long des piliers dans l'espace, pour saisir mystérieusement les âmes des humains.

... Mère de Dieu, Mère des Douleurs, sois notre protectrice, sonne lugubrement la voix du vieillard.

...Sois ma protectrice, répète l'orphelin craintif.

Les saints sur les murs et les piliers le regardent sévèrement. Ils bougent déjà, ils vont descendre vers lui...

(302)

...et pardonne-nous nos péchés mortels, se lamente le moine.

...Pardonne-nous, pardonne-nous, implore l'enfant.

Et la voix brisée, pleure et s'extasie :

...Dieu miséricordieux, protège le Czar et son peuple...

Dehors, c'est la tempête de neige et à l'intérieur c'est l'angoisse de la solitude.

...et sur la terre... et aux cieux, prie le métropolite.

La messe est finie, le prélat encore ému sort avec sa lanterne par le porche et le petit Ioann court derrière lui, craintif.

*
* *

« Le Grand-Duc grandit », se dirent un jour les boyards inquiets.

Le futur Czar pouvait leur garder rancune pour leurs rigueurs. Ils le flattèrent. Ils voulurent l'amuser.

On initie Ioann à l'art de la vénerie. Oh ! les beaux jours de chasse. En plein soleil Ioann galopait par l'immense plaine russe. Son coursier fougueux laissait sa suite loin derrière lui. La course folle faisait battre son cœur à éclater. Qu'importe ! Il était libre, libre...

Il aimait être à l'affût dans la forêt silencieuse. Inlassable à forlancer les bêtes, il les traquait sans pitié quand elles sortaient de leur gîte, se délectant à leur refuites désespérées et vaines. Il riait aux éclats quand, une fois l'animal débusqué, il lui enfonçait son couteau dans le cou. Les yeux sauvages injectés de sang, la gorge serrée, il ne connaissait ni fatigue ni repos.

Et les boyards, approbateurs, disaient alors très haut : « Il sera brave, notre Grand-Duc ! » Seul, au récit de ces chasses, le métropolite Makari hochait la tête en proie à un mauvais pressentiment.

Par la douce et odorante soirée d'été le Grand-Duc revenait, les traits contractés, les yeux fiévreux. Si quelques paysans ou paysannes attardés passaient par son chemin, il faisait cabrer son cheval et les écrasait.

Les courtisans éclataient de rire. « Notre Grand-Duc s'amuse. Il est jeune. »

(303)

...La nuit. La petite lampe de l'icône éclaire la somptueuse chambre à coucher. Les faibles lueurs glissent discrètement en zig-zags sur les peaux de fauves qui couvrent le lit, c'est là que reposent entrelacés deux corps gracieux d'enfants.

« Dis-moi, Fedia, que tu m'aimes, dis-moi que tu ne m'abandonneras pas », chuchote une voix.

La lumière vacillante tombe sur les boucles blondes qui dorent le coussin blanc.

« Je t'aime, mon Vania, » répond la voix tendre de l'autre garçon.

Toute l'âme ardente de Ioann allait avec passion vers son ami aimé, le jeune Fedia Vorontzoff. Ils se cachaient dans les recoins perdus du palais. Là, le Grand-Duc expliquait, frémissant de colère, à son ami, comment les boyards avaient ravi le pouvoir, qui n'était dû qu'à lui seul. Plein de haine, il lui disait que les Chouiskys avaient même volé les vêtements de ses parents.

Fedia posa, attendri, sa tête sur l'épaule de Ioann, cette même belle tête que le Czar devait faire trancher quelques années plus tard.

Mais que faire ? Que faire ?... demandait-il à Ioann.

Celui-ci, souriant amèrement, ne répondit rien. Mais le père de Fedia, le vieux Vorontzoff, savait quoi faire.

Pendant une pluvieuse matinée automnale de l'an 1543, une dispute véhémente éclata au palais entre les Chouiskys et le père de Fedia.

« Ah ! vieux renard, tu veux prendre notre place, grâce à ton coquin de fils ! » cria André Chouisky, hors de lui.

Et les Chouiskys et leurs partisans se ruèrent avec sauvagerie sur Fedia. Ils le battirent à bras raccourcis, ils lui arrachèrent ses habits et voulurent le tuer sur-le-champ.

Ioann était livide. Il voulait intervenir. On le jeta brutalement par terre.

« Saint Père ! Sauvez-le », supplia le Grand-Duc.

Le métropolite s'interposa. La clique excitée tomba sur lui également ; on lui déchira la soutane. Mais Fedia eut la vie sauve. Il fut chassé honteusement du palais. Tout le long du chemin il fut bousculé, frappé, honni.

Le métropolite sortit sur la balustrade et demanda, au péril de sa vie, qu'on envoyât les Vorontzoff dans une ville proche de Moscou. Tel était l'ordre du Grand-Duc.

« Au diable les ordres du Grand-Duc ! On les enverra là, où le monde est barré par des palissades », répondit grossièrement le Kniaz André Chouisky.

A l'intérieur Ioann se roulait par terre dans des convulsions terribles.

*
* *

Automne jaune, nostalgique, nature mourante, cœur d'enfant meurtri. Ioann erre, erre... Des boyards s'approchent de lui, mystérieux et lui parlent à l'oreille.

Ioann regarde de tous côtés et rassuré, il leur répond. Les dignitaires s'en vont affairés.

De grands événements se préparent. Ioann est encore plus silencieux que d'habitude.

Les bas traîneaux joliment peints en bleu et rouge amenaient les boyards au pavillon de chasse des Grands-Ducs. Ioann les avait invités à fêter la naissance du Christ. C'était l'an 1543.

Les boyards ôtèrent leurs lourdes pelisses, enlevèrent les flocons de neige de leurs longues barbes et entrèrent au réfectoire.

Des tables couvertes de fines nappes d'Asie, chargées de fruits du sud, de poissons du Volga, de mets fumants, de miel y étaient dressées.

Dans l'âtre des bûches flambaient joyeusement. De gros cierges dans de hauts candélabres en argent éclairaient la salle, se reflétant sur les boiseries des murs.

Le Grand-Duc encore plus pâle entra majestueusement Les nobles s'assirent d'après leurs rangs, les descendants de Rurik le Normand et ceux de Hédenim de Lithuanie eurent les places d'honneur. Le métropolite dit la prière et le repas commença. Le kniaz André Chouisky était de meilleure humeur quoique inquiet de ne voir que si peu de partisans. Il redoubla alors d'amabilité, ayant un mot gracieux pour chacun des convives.

Seul Ioann ne répondait rien. Condescendant, le prince

(305)

André ne lui parlait plus. A minuit le festin battait son plein. Tout à coup le Grand-Duc se leva. Les boyards se turent, étonnés. C'est la première fois que le Grand-Duc allait parler. Le silence se fit. Ioann dit d'un ton ferme et décidé :

« Ecoutez, vous autres boyards. J'ai treize ans et je suis las de supporter vos agissements criminels, vos actes injustes... Vous, boyards, vous abusiez jusqu'à présent de ma jeunesse. Vous ne connaissez ni la loi de Dieu, ni les traditions de mes illustres ancêtres. Usurpant mon nom, vous tuiez des gens innocents, mes meilleurs amis. C'est fini, maintenant. Je prends le pouvoir en propres mains.

» Beaucoup sont coupables, mais c'est toi, prince André Chouisky, qui l'est le plus. »

« Grand-Duc ! » s'écria André Chouisky, le sang glacé.

« Oui, c'était toi, le plus coupable. Toi et ta famille, vous fûtes mes persécuteurs. Tous, vous boyards, vous êtes injustes. Mais par la grâce du Christ, je vous pardonne. Je ne châtie que le chef, le prince André Chouisky ! »

Le prince pâlit affreusement. Il vit clairement sa perte. Le silence des boyards sonna le glas. André Chouisky sortit d'un pas ferme. Peu après dehors retentissaient des cris sauvages et les aboiements furieux d'une meute affamée. Le kniaz André Chouisky était mort.

Les boyards revenaient sombres par la nuit étoilée à leur demeure. Le Grand-Duc leur avait promis le bannissement du prince.

* * *

Un nouveau règne commença ; l'enfant intimida les boyards. Le sort de Chouisky pouvait un jour être le leur. Ioann était trop jeune pour régner tout seul et il appela ses oncles, les princes Glinskys.

Le prince André ne versait plus le sang en son nom. Ioann s'en chargea lui-même. Nourri pendant des années par la haine, il voulait se venger des injures. Mais déjà très rusé et très prudent, il se mit lentement à l'œuvre. Les boyards qui jadis furent si cruels envers son ami le métropolite

Iosaaf et son ami Fedia — de nouveau auprès de lui —
furent bannis. Et quand le boyard Afanasi Boutourline osa
lui parler d'une façon inconvenante, Ioann lui fit simplement
couper la langue.

Trois années s'étaient écoulées depuis la mort du prince
André Chouisky. Aucun boyard ne l'avait remplacé, le
Grand-Duc savait déjouer toute tentative.

Attisant la jalousie parmi eux, il se réjouissait de les
voir s'entr'égorger. Attentif, il observait leur façon d'agir
l'un envers l'autre et, indifférent, il les voyait saigner la
Russie. Ses chasses, ses voyages dépassaient en luxe ceux
des autres Grands-Ducs et le peuple les payait en gémissant
et en le bénissant.

Un jour le Grand-Duc fit appeler à l'improviste tous ses
conseillers. Les boyards arrivèrent, très inquiets. Alors le
Grand-Duc leur déclara solennellement qu'il voulait se ma-
rier, ayant déjà seize ans. Les conseillers l'approuvèrent hau-
tement.

« Je veux aussi me faire couronner Czar de la Russie »,
ajouta-t-il. Les boyards étaient étonnés. Ni son puissant
aïeul, ni son auguste père n'avaient osé le faire et ils étaient
restés Grands-Ducs.

* * *

L'an de grâce 1547 Ioann était couronné par le métropolite Czar de Russie et marié à la vertueuse Anastasie.

Mais l'amour sincère de Ioann pour la Czarine n'adoucis-
sait pas l'iniquité de son règne.

Le troisième vendredi de juin 1547 Moscou brûlait. Le
Kremlin, le Kitai-gorod et les faubourgs flambaient. Des
langues de feu léchaient le ciel. Des cris désespérés entre-
mêlés de crépitements sinistres montaient haut, haut, im-
plorant le miracle. Le feu insatiable dévorait avidement les
bâtisses en bois. Les poudrières sautèrent. Les métaux
fondus coulèrent telle une rivière ardente. Braise inextin-
guible. Quand tout fut anéanti, on vit l'étendue du si-
nistre. De la ville il ne restait presque rien.

Des gens, au visage carbonisé, aux mains brûlées, cherchaient leurs enfants, les enfants cherchaient leurs parents.

(307)

Ne trouvant rien, ils hurlaient comme des bêtes sauvages.
Et alors toutes ces loques humaines, extatiques, reprenaient
en chœur le refrain aigu et criaient pour apaiser leur dou-
leur.

Aux jours d'abattement succédèrent les jours de révolte.
« Sorcellerie, sorcellerie ! » chuchotaient peureusement les
vieux. « Sorcellerie ! » disaient plus haut les jeunes. « C'est
la princesse Glinsky, la grand-mère, qui en est cause ». Et
les vieux disaient alors : « Elle a pris des cœurs de mou-
rants et les a hachés. Puis elle en a aspergé Moscou ».

Les boyards avaient aidé à éteindre les flammes. Maintenant ils attisaient les cendres du feu qui couvait encore dans
le cœur des Russes. Leurs serfs circulaient mystérieusement parmi la foule. Ils donnaient d'horribles détails sur
les sorcelleries de la vieille Glinsky et de son médecin étranger : les corps des défunts ont été tailladés, les entrailles
des hommes vidées. Puis on a séché les cœurs, afin que la
vieille princesse puisse offrir un cadeau au Diable pendant
le Sabbat. — Les Glinskys étaient perdus.

La populace murmurait toujours plus haut. Un matin les
vagues de l'émeute grandissante coulèrent jusqu'au palais.
La racaille était maîtresse.

« A mort, les Glinskys ! Châtiment ! Châtiment ! A mort
la grand'mère du tsar ! » cria la foule.

Le prince Glinsky, l'oncle du Czar, se réfugia dans la cathédrale du Saint-Sauveur. La foule brisa les portes de
l'église. Il s'accrocha à l'autel. Elle le fit expier là, en tour-
ments féroces. Ainsi mourut le propre oncle du Czar. Puis
elle alla plus loin, réclamant toujours de nouvelles têtes,
de nouvelles victimes. L'horreur réapparaissait sous un scep-
tre nouveau ; la plèbe régnait.

Ioann consterné restait muet, au milieu des clameurs,
éperdu et abattu.

« Czar fautif ! Vois le désastre, fruit de tes actes per-
nicieux. Grand pécheur. » Un simple pope s'avança mena-
çant vers lui. Et tel un prophète, il exhorta le jeune Czar
à cesser son règne d'arbitraire, à penser à la gloire, au bien
de toute la Russie. En paroles exaltées, en images inspirées,
il disait tous les malheurs du peuple et de la patrie. Et ces

(3o8)

paroles d'un pauvre pope allaient tout droit au cœur de
Ioann, le blessant comme des poignards acérés. Le pope Sylvestre jouait sa vie. Un signe de main et il allait quérir
la récompense de sa vertu auprès de l'Eternel. Mais une
force surhumaine l'obligeait à parler, à tout dire.

Le Czar l'écouta jusqu'au bout. Il vit les terribles visions,
réelles, saisissables, que le prêtre fanatisé lui montrait. L'ange
du Bien dormant au fond de tout humain se réveilla, chassant les méchants. Ioann se laissa sermonner ; rebelle au
mal, il se laissa subjuguer par le Bien.

Un ange terrestre, Alexei Adacheff descendit vers lui.
Ange par sa beauté, ange par son âme délicate, toute remplie
de l'amour du bien, pris à la source claire des écrits des
sages antiques.

Ioann avait dorénavant deux amis et la Russie deux gardiens : le prêtre illuminé Sylvestre et le jeune et beau Alexei
Adacheff. Méprisant les honneurs et le bien-être d'ici-bas,
ils n'aimaient que Dieu, le Czar et le peuple russe. Fidèles
serviteurs, ils faisaient d'avance la sacrifice de leur vie.

* * *

Pendant trois jours le Czar Ioann s'enferma, jeûnant et
priant. Puis il envoya des estafettes dans toute la Russie
pour appeler des élus de toutes les villes, de tous les mé-
tiers, de toutes les dignités.

Quand ils furent rassemblés devant le Kremlin, le Czar
pâle et triste sortit entouré de sa garde, tout en rouge, des
boyards voievods avec leurs manteaux en brocart d'or et
leurs bonnets de fourrures. Le métropolite vint aussi avec
les évêques, les archi-mandrites et les autres prélats. Eux
aussi étaient en habits d'or et ils avaient des oriflammes et
des bannières richement brodées. On célébra une messe. Puis
le Czar salua le métropolite et lui dit : « Saint Père, je
connais ton amour pour la Patrie et le Bien. Aide-moi dans
mes intentions. Trop tôt Dieu me priva de père et de mère
et les boyards n'ont pas pris soin de moi, voulant accaparer
le pouvoir pour leurs buts. Abusant de mon nom, ils ravis-
saient les titres et les honneurs. Ils s'enrichissaient par la

(309)

fraude, exploitant le peuple et personne ne s'opposait à
eux. Dans ma triste enfance je semblais être sourd et muet ;
je n'entendais pas les gémissements des pauvres, je ne trou-
vais pas les mots de réconfort pour eux. Vous faisiez tout
ce que vous vouliez, méchants serviteurs, juges injustes !
Quelle réponse pouvez-vous nous donner à cette heure ?
Combien de larmes, combien de sang a été versé à cause de
vous ? Je suis innocent de ce sang. Mais vous autres, atten-
dez-vous au jugement du Ciel ! » Ici, Ioann s'arrêta. Puis
il salua jusqu'à terre son peuple, quatre fois, une fois au
nord, une fois au midi, une fois au levant, une fois au couchant. Tel était l'usage depuis son ancêtre Rurik, et il
continua ainsi, parlant à son peuple :

« Gens de Dieu, à nous donnés par Dieu ! j'implore votre
foi et votre amour pour moi. Soyez généreux. On ne peut
pas réparer le mal du passé : ce n'est que maintenant que
je peux vous sauver des iniquités. Oubliez ce qui n'est plus
et qui ne sera jamais plus : unissons-nous dans l'amour
du Christ. Maintenant, c'est moi qui suis votre juge et
protecteur ».

Le peuple fut profondément ému. Les élus pleurèrent.
Ils partirent.

Dans les quatre coins de la Russie, l'on chanta la Gloire
du Czar, juste et bon, au Nord et au Midi, au Levant et au
Couchant.

Ilia Mikailoff.

A LA MÉMOIRE DE JOSÉ DE CHARMOY

Où sont l'attente et la promesse et ce parfum du Soir que j'allais pieusement brûler sur la plus fidèle des collines ?

On a éteint la lampe trop tôt ; nous n'avions pas tout dit, ni les chers mots, ni surtout cette pensée qui vous eût peut-être relié au Ciel dont vous ne saviez pas reconnaitre les astres.

Le sombre cyprès que vous aimiez vous possède ; si vite, la rose de vos jours est tombée.

Les blanches Vestales du Crépuscule, je ne les verrai plus à l'heure de l'Office monter vers vous comme elles hanté des dieux, grave et virginal,

Le Temple est mort dont une Muse avait baisé le seuil et dont la flamme brillait ainsi qu'un appel aux frères immenses dans la Nuit désolée.

Le Temple est mort : mais peut-être pareil aux pèlerins de la Route, entrerai-je en cette chapelle où sont les coupes d'or dont on heurte en chantant le sommeil des Morts.

Loïs CENDRÉ.

MAURICE RAVEL

LA bruyante célébrité porte en soi quelque chose d'excessif et de trop mauvais aloi pour jamais convenir à M. Maurice Ravel, mais l'élégante renommée qui lui sied a, depuis longtemps déjà, dépassé le cercle étroit des cénacles parisiens. Parfois loué, parfois aussi dénigré avec acrimonie, il échappe à la pire infortune qui puisse frapper un artiste : l'indifférence.

On pourrait croire ses pièces de jeunesse fortement empreintes de debussysme, mais les dates sont là pour écarter justement des plus debussystes d'entre elles le moindre soupçon d'imitation. Il y eut donc simplement réaction parallèle de deux fines sensibilités rebutées par la rhétorique wagnérienne encore en vogue alors et souhaitant un mode d'expression direct et personnel. Loin de relever entre eux des analogies, on aurait peine au contraire à confronter deux musiciens d'un tempérament aussi dissemblables que Debussy et Ravel. Le premier, bien que se subordonnant toujours à un ferme contrôle intellectuel ne se montra rebelle ni à la spontanéité ni même à un certain abandon ; tandis que sa musique fut éminemment sensuelle, celle de M. Ravel s'avère strictement cérébrale : tout y est volontaire, calculé, pesé et critiqué ; la fantaisie, le caprice, l'absence apparente de composition dans certaines pages purement impressionnistes sont préconçus chez lui comme chez d'autres la construction cyclique et la discipline tonale. Nul désordre ici qui ne soit un effet de l'art.

(312)

M. Ravel débuta par des pièces pour le piano, le *Menuet Antique*, la fameuse *Pavane pour une Infante défunte* ; conscient des ressources insoupçonnées que recelait encore cet instrument, il sut de bonne heure les utiliser. Cette partie, foncièrement nouvelle et originale de son œuvre, ne sera pas son moindre titre de gloire.

Les *Jeux d'eaux* empruntent pour épigraphe ce vers d'Henri de Régnier :

> *Dieu fluvial riant de l'eau qui le chatouille*

Il faut se remémorer l'époque déjà lointaine de leur composition pour apprécier l'inouï qu'ils introduisaient dans la littérature pianistique grâce à la sonorité considérée non plus comme agrément accessoire mais comme source d'émotion musicale. Parmi tout ce qu'il écrivit pour le piano, le recueil intitulé *Miroirs* reste l'objet d'une spéciale dilection. A défaut de la personnalité fortement accusée des compositions ultérieures, il y règne davantage de tendresse et de sensibilité ; le titre lui-même, judicieusement choisi, indique le rôle que joue cette sensibilité puisqu'il s'agit moins de paysages objectifs que de leur reflet dans l'âme du musicien lequel s'essaie à les transposer et à en exprimer les correspondances.

Après la *Sonatine* où l'auteur a enfermé dans ce cadre classique une musique aussi peu descriptive qu'évocatrice dont tout l'agrément procède de son élégance aisée, il abandonna le piano jusqu'au triptyque de *Gaspard de la Nuit*. Une évolution considérable s'est accomplie durant ce laps : M. Ravel se révèle maître d'un talent qui peut plaire ou déplaire mais que nul n'ose désormais contester. Le bref *Menuet* composé en hommage à Haydn forme un gracieux pendant à celui de la *Sonatine* ; l'un et l'autre, par leur style et l'esprit qui les anime, nous préparent au *Tombeau de Couperin*, titre du dernier recueil pour piano. Les formes vénérables de la *Suite* y sont rajeunies et revivifiées par tout ce que la technique moderne leur adjoint, tout ce dont la sensibilité contemporaine leur confie d'expression. Effet d'un art supérieur, l'écriture se simplifie à mesure qu'elle se raffine et renoue le fil rompu de nos vieux clavecinistes.

Les dons naturels de M. Ravel rencontrent dans la musique de chambre un terrain particulièrement propice à leur mise en valeur. La modicité des moyens dont se contente son intimité est pour notre sagace auteur bien plus un stimulant qu'une

contrainte : un simple trio, un quatuor à cordes, un septuor
comme dans l'*Introduction* et *Allegro,* ou un octuor comme
dans les *Poèmes* de Mallarmé lui suffisent à fixer les plus
subtiles nuances, à se composer la palette la plus variée. Il sait
combiner et diversifier les timbres à l'infini ; chaque instrument
tour à tour élève la voix ou se tait et leur causerie forme le
concert le plus agréable du monde.

Voici seize ans déjà qu'est écrit le quatuor à cordes. L'épreuve
du temps l'a épargné ; insensiblement, il a gagné sa juste place
qui est au premier rang. Le *Trio* achevé au commencement de
la guerre manifeste ce que l'art de Ravel doit à la culture classique et éclaire la paradoxale vénération dont il affecte d'honorer
la barbe chenue de M. Saint-Saëns. A mesure que sa pensée
mûrit, elle s'évade de l'impressionnisme, du symbolisme, du sub-
jectivisme primitifs qui troublaient le tain des *Miroirs* et appa-
rentaient superficiellement ses premières œuvres à celles de
Debussy ; ici point de vaporeux fantômes : la mélodie suit un
dessin ferme et précis qui ignore le charme équivoque des lignes
floues et des contours noyés. C'est naturellement d'une conception
fort différente que relèvent les trois poèmes *Soupir, Placet
futile, Surgi de la croupe et du bond,* écrits pour chant, piano,
deux flûtes, clarinette et quatuor à cordes. Il ne s'agit plus ici,
pour la musique, comme dans le Trio ou le Quatuor, de décrire
des arabesques indifférentes sur une donnée établie mais de com-
menter avec déférence des paroles élues parmi les plus pures
qui soient jamais issues de lèvres françaises. M. Ravel s'est
gardé d'envelopper le texte d'une ambiance vague, d'un halo
sonore propres à susciter peu discrètement dans l'inconscient de
l'auditeur une interprétation intuitive ; il a jalousement respecté
la pudeur du mystère : autour du verbe inviolé, ses trois poèmes
sont autant de vases scellés.

Quel que soit leur mérite et privées du prestige de l'orchestre
les mélodies pour chant et piano constituent peut-être la part la
moins bien venue de son œuvre : l'excès d'intelligence et de sens
critique coupe court à tout envol et la crainte de l'emphase ora-
toire confine souvent le chant à une simple notation de la parole.
Deux Epigrammes de Clément Marot se muèrent par sa grâce
en mélodies d'un archaïsme gracieusement maniéré. Parmi l'abon-
dant trésor de Lélian où un Debussy, un Fauré, un Bordes puisè-
rent l'inspiration de lieder admirables, il ne glane nonchalam-
ment et tardivement qu'un bref *Sur l'herbe* et passe son chemin, alors que, pour ses débuts, il ne redoute pas de se mesurer

d'emblée à *Sainte* de Mallarmé, point dissuadé par cette poésie hermétique et complète que sa perfection même dérobe farouchement à toute interprétation musicale. C'est qu'à l'encontre de celui de Debussy, son art est beaucoup plus Mallarméen que Verlainien : même lorsqu'il raille ou se divertit, le poète de *Sagesse* n'arrive pas à étouffer les battements de son cœur ; or M. Ravel se domine toujours trop complètement pour jamais rien dévoiler du sien.

La première audition des *Histoires Naturelles* suscita une manière de tumulte : au grand scandale des pontifes de la critique, la prose laconique, pointue, incisive de Jules Renard fut préférée aux coutumières effusions poétiques pour être transposées sans édulcoration ni atténuation d'aucune sorte en une musique identique à elle mais vivant pourtant d'une vie propre et d'un intérêt intrinsèque indépendant du texte commenté. Quant aux trois chœurs mixtes, *Nicolette*, *Rondo* et *Trois beaux oiseaux de paradis*, n'y voyons qu'un sacrifice ingénieux et charmant à la mode impérieuse qui se plaît à susciter aujourd'hui ce genre longtemps dédaigné des chansons à quatre voix auxquelles excellèrent nos maîtres de la Renaissance.

C'est par des poèmes chantés qu'il a fait ses débuts à l'orchestre. Celui du *Noël des Jouets* est de sa composition, poème par lui-même bien caractéristique, sec et saccadé comme les pantins qu'il évoque dont le visage verni ne reflète aucune émotion. Tout l'orchestre, à son instar, tinte et « cliquète en bruits symétriques », avant-goût du prélude de l'*Heure Espagnole*. L'humour sarcastique du *Noël des Jouets* fait place dans *Shéhérazade* à une ironie légèrement voilée : en le gracieux décor d'une Asie imaginaire évoluent des mandarins et des princesses, des cadis et des vizirs qui ont l'air échappés d'un éventail et dont la sérénité se trouble d'une fugace mélancolie parce que chante une flûte dans le soir ou que passe un bel adolescent à la démarche trop mollement balancée. Evocatrices d'un Extrême-Orient de fantaisie, ces estampes musicales continuent à leur façon la tradition de ces turqueries aimées de nos ancêtres. Bimbeloterie d'étagère, art de paravent peut-être un peu mièvre mais qu'il faut applaudir et chérir pour ce qu'il fait un irrévérencieux pied de nez à notre lourde et pédante démocratie.

La *Rapsodie Espagnole* possède une intensité d'évocation rarement égalée ; tandis que les violons rauques se pâment et que des sursauts secouent l'orchestre tour à tour frénétique ou langoureux jusqu'au malaise, un même thème obstiné insiste, presqu'obsédant. Les motifs de la *Rapsodie Espagnole* sont de l'invention de l'auteur et ne se targuent pas d'une mensongère authenticité. Aucune musique, d'ailleurs, n'est plus individuelle, plus patricienne, moins populaire que celle de M. Ravel ; aussi scandalisa-t-elle toujours vivement ceux qui ont le goût de la médiocrité.

C'est encore avec l'Espagne qu'il a abordé le théâtre, non plus cette fois l'Espagne espagnole mais une Espagne montmartroise suggérée par l'adroit livret de M. Franc-Nohain. La partition qui suit avec bonheur l'exemple de l'ancien opéra-bouffe correspond à une farce musicale ; à l'encontre d'un préjugé assez répandu que la bonne musique ne naurait être que lugubre, M. Ravel a montré que la sienne avait assez d'agile souplesse pour s'accommoder d'une intrigue sans gravité. Ainsi qu'on l'a fort justement remarqué, l'esprit de cette pochade n'est pas seulement dans les vers du librettiste, il réside tout autant dans la musique : elle gouaille, elle blague, elle se moque et parodie et souligne les situations d'un petit rire bref et furtif ; toute la fantaisie du compositeur si habile à tirer partie des timbres les plus imprévus a pu se donner ici libre cours.

En guise d'*Enfantines*, M. Ravel avait publié une suite de morceaux à quatre mains intitulée *Ma Mère l'Oye*. Il les orchestra ensuite, leur ajouta un prélude, une fileuse et une conclusion ; sous cette forme, ils sont devenus au Théâtre des Arts le plus adorable des ballets. M. Ravel est à son aise dans ce Royaume de fééerie ; il s'y sent chez lui et connaît les gestes délicats qu'il faut pour manier sans les briser ces brimborions fragiles mais, de ces minuscules théorbes, il tire les sons les plus exquis et dépense plus d'art véritable à ouvrir des bibelots qu'il ne s'en trouve en bien des opéras fameux.

Les *Valses nobles et sentimentales* se transformèrent en suite d'orchestre pour servir, sous le titre d'*Adélaïde ou le langage des fleurs* à l'usage chorégraphique de Mmes Trouhanowa au Châtelet et Aida Boni à l'Opéra. Elles parurent d'abord un peu longues et monotones au premier public qui les accueillit mais, peu à peu, leur charme très fin s'est dégagé et leur audition à l'orchestre a aidé à les faire goûter pleinement au piano. Elles se sont diversifiées, leurs nuances subtiles se sont éclairées et leur extrême liberté harmonique qui séduit sans choquer a été mise en lumière. Auparavant que de plaire, il leur fallut dissiper l'épaisse ambiance environnante qui n'est ni noble ni sentimentale.

Le Ballet de *Daphnis et Chloé*, œuvre la plus considérable de M. Ravel, permet à ceux qui prônent la « manière large » de saluer les symptômes d'un « élargissement » de la manière ravélienne ; ceux que subjugua le *Sacre du Printemps* en pourront aussi discerner le présage dans quelques harmonies comme dans l'insistance de certains rythmes. D'ailleurs MM. Ravel et Strawinsky ont eu l'un sur l'autre et pour leur profit commun une influence réciproque qui ne peut être mise en doute. Le frémissant interlude qui relie le second tableau au troisième est un des joyaux de notre musique moderne : tandis que les feuilles doucement remuées palpitent au jeune souffle de la brise matinale, le bocage mouillé de rosée est tout sonore de ruisseaux clairs et tintant de fontaines bruissantes. Jamais M. Ravel n'a rien écrit de plus sensible, de plus frais, de plus attentif à la nature fraternelle.

La qualité essentielle de sa musique, c'est l'intelligence : intelligence dans le choix de l'œuvre entreprise qu'il a toujours l'habileté d'élire à son tempérament et susceptible de mettre en valeur ses dons natifs, intelligence dans la façon de la traiter, de la serrer dans ses plus infimes détails, de ne pas se laisser emporter par elle mais de la dominer, de la contrôler, de la passer au crible d'un esprit critique impitoyable, même au risque de contrarier la faculté créatrice et de tarir les sources d'émotion lyrique, enfin de se méfier, comme disait Verlaine, de l'inspiration.

Quelle que soit l'impalpable délicatesse de l'écriture debussyste, elle paraît presque sans raffinement comparée à celle de M. Ravel chez qui chaque note est, pour ainsi dire, dosée au compte-gouttes et le fin du fin constamment recherché. Beaucoup plus scrupuleusement que son aîné, il évite les développements par répétition, les réminiscences de compositions antérieures et jusqu'aux faciles effets de la gamme par tons, il ne se permet rien qui ne soit justifiable, fût-ce par l'artifice de quelque spécieux raisonnement.

A la large sensualité de l'*Après-midi d'un Faune* ou des *Nocturnes*, il a substitué la notation immédiate et méticuleuse de la sensation ; nul n'est expert comme lui à surprendre les bruits, les crissements, les frôlements imperceptibles. Il est passé maître en l'art de l'imitation impressionniste : que l'on se souvienne du *Grillon* et du début de l'*Heure Espagnole* ; même il ne redoute pas de mêler parfois quelque clownerie à sa dextérité.

Il a introduit dans la musique un humour très spécial, une

froide ironie de pince-sans-rire fort éloignée à la fois de la jo-
viale exubérance d'un Chabrier à qui on l'a injustement comparé
et de la mystification transcendante d'un Satie. Les déconcertan-
tes *Histoires Naturelles*, l'*Heure Espagnole* appartiennent à cette
veine humoristique et se prêtent à des effets d'un incroyable
bouffon.

Sa filiation basque éclaire sa complaisance envers la virtuosité,
son goût de méridional pour le brillant, voire le brio, enfin le
caractère hispanisant de sa musique. Il ne manque nulle occasion
de revenir à sa chère Espagne : *Mélodie Espagnole, Rapsodie
Espagnole, Heure Espagnole, Alborada del Gracioso*. Que d'Espagne dans son œuvre et quelle vie il a su lui communiquer !

En même temps qu'elle gagne en fermeté et en netteté de contours, son écriture devient chaque jour plus libre, plus désinvolte,
plus capricieuse, car les pirouettes du danseur de corde mesurent
leur audace à son assurance. En l'amenuisant, il a renchéri sur
le système harmonique de Debussy dont il a multiplié les licen-
ces ; il a dépassé dans cette voie l'auteur de *Pelléas* pour rejoin-
dre celui de *Petrouchka*. Quant à son orchestration, fort différente de celle de Debussy et bien plus classique elle se réclame
de Rimsky-Korsakow ; toujours scrupuleux jusqu'à la minutie,
le compositeur se pique de traiter en spécialiste chaque instrument de l'orchestre.

L'art de M. Ravel manque de spontanéité ; il est artificiel au
sens le plus mallarméen de ce terme qu'il faut prendre comme
un éloge. La sensualité qu'on y rencontre fortuitement est d'ori-
gine intellectuelle, c'est pourquoi, sauf dans un des interludes de
Daphnis et Chloé, on n'y relève aucun sentiment de la Nature.
Par là nous voyons combien M. Ravel est peu romantique ; il
manifeste à sa façon un état d'esprit assez répandu aujourd'hui,
en réaction directe contre le romantisme, le goût gothique et mé-
diéval et tous les préjugés antirenaissants. J'imagine qu'une cathédrale ogivale l'émeut médiocrement alors qu'il s'accommode-
rait volontiers de l'aimable style jésuite de Notre-Dame-des-
Victoires. Son art qui répugne au pathétique et aux effusions
mystiques nous touche non moins sûrement par son élégance
innée, sa modération, l'harmonie de ses proportions, son esprit,
sa grâce et jusqu'à sa préciosité. Son charme n'est pas sans
analogie avec celui qui se dégage d'un marbre de Clodion ou
d'un de ces visages au regard perçant et fin, aux lèvres gour-
mandes et voluptueuses que fixa le pastel d'un Péronneau ou
d'un La Tour. Ne se rattache-t-il pas encore au XVIIIe et même

au XVIIᵉ siècle par ce sens du féerique développé en lui à un
degré extrême ? Ce n'est pas la forêt de Brocéliande qu'il hante
pour y découvrir Mélusine, Morgane ou Viviane et nous sommes
loin d'Arthur et de la Table Ronde si chers aux musiciens de la
génération précédente : l'ambiance que recrée *Ma Mère l'Oye*
est bien plutôt celle des contes imaginés par nos aïeules roma-
nesques et rusées dans la ruelle de Mᵐᵉ d'Aulnoy. Belle-Belle,
Gracieuse et Percinet, les princesses métamorphosées en carpes
et les carrosses faits d'une grenade tirée par sept souris blanches,
voici la malicieuse féerie dont se charma notre enfance et que
nous chérissons retrouvée en la musique de l'enchanteur Maurice
Ravel !

A tout ce qui revit en lui de traditionnel et de français s'a-
joutent ce caractère de modernisme que Baudelaire jugeait avec
raison un élément indispensable de l'art, une sorte de sécheresse
sentimentale à la Stendhal et de dandysme à la Beardsley pour
former le composé le plus inattendu et cependant le plus repré-
sentatif de certaines tendances actuelles. Ayant le courage d'ai-
mer la mode pour elle-même, de la précéder, de la créer, préfé-
rant épuiser la saveur particulière et fugitive de chaque instant
que de s'essouffler à poursuivre l'Eternel et l'Absolu, il consi-
dère son art non pas comme un grave sacerdoce social, non pas
comme une prédication vertueuse à l'usage du prolétariat inter-
national mais comme un divertissement qui ne s'adresse qu'à
the *happy few* et doit être une source de délassements choisis et
de plaisirs délicats pour quelques honnêtes gens. Il n'y mêle aucune préoccupation morale et personne n'a encore osé le qualifier
de « noble et probe artiste ».

Son œuvre futile et délicieuse comme la fumée impalpable de
cette légère cigarette échappe ironiquement à l'indiscrétion des
ingénieurs qui chercheraient vainement à en mesurer la profon-
deur ou le poids.

René Chalupt.

(319)

AURORE

UN jour passe la sombre ligne
  Des pins dressés là-bas.
O jour qui viens, de quels combats
  Donneras-tu le signe ?

Quelles peines sont dans ta main ?
  De quel plaisir fugace
Offert — ou refusé demain
  La rançon nous menace ?

Indifférente, sans songer
  A ce que tu fais naître,
La servante, jour étranger,
  Va t'ouvrir la fenêtre...

Dieu nouveau, monarque subtil,
  Pour te rendre propice
Jour qui commences, que faut-il
  Jeter à ton caprice ?

Tes aînés, tyrans sans amour,
  Ont trompé mon envie.
Toi, jour, feras-tu d'un seul jour
  La raison d'une vie ?

IRREPARABILE

C'EST l'heure où parle le clocher
  De choses éternelles.
L'heure où se vont toutes coucher
  Les rouges coccinelles.

L'heure où, sur le seuil du Lapin,
  Bonnet frondeur, hilare,
Frédé, l'avant-dernier rapin,
  Accorde sa guitare.

L'heure où le vent se fait chanson
  Quand la chanson s'est tue,
Où la lumière, d'un frisson,
  Anime la statue.

C'est l'heure tendre où notre émoi,
  Dépouillé d'amertume,
Te voudrait plus toi, chère, et moi
  Plus moi que de coutume.

Le fleuve balance un chaland ;
  Le noyer, une branche.
L'air joue, espiègle et nonchalant,
  Dans ton écharpe blanche.

Garder l'instant déjà pressé ?...
  L'heure glisse, s'essaime...
Pourquoi faut-il que ce qu'on aime
  Ne soit que du passé ?

JEAN PELLERIN.

LA TENTATIVE AMOUREUSE
DE PUDENTIENNE

A ROBERT LEMERCIER

Quoique âgée seulement de vingt-huit ans, Pudentienne était entrée dans la Renommée. Son étoile brillait à ce ciel rare et durable de Paris où s'éteignit quelques jours avant la guerre le reflet encore printanier de Madame de Pourtalès, où restent suspendus depuis de nombreuses années les signes de Madame Jean de Castellane, cette décorative et splendide grande-maitresse d'un Royaume absent, de Madame Greffuhle, cette Tallien de la Troisième République, dé la Comtesse Véra de Talleyrand, cette sultane de Crimée ornée, prodigieuse et délectable.

Pour s'être imposée si jeune à une Ville qui, dans la volupté comme dans l'art et l'élégance, ne couronne généralement les grandes héroïnes que vers la soixantaine, il fallait que Pudentienne possédât un tact et une patience aussi exquis que son talent. Arrière-petite-fille de David, descendante d'un Garde des Sceaux, d'un Maréchal, de plusieurs conseillers d'Etat, alliée à de grands industriels et à des ambassadeurs, il semblait qu'elle eût, par son don et par sa beauté, transposé en un trésor plus fragile le sérieux héritage de tant de prudence, de persévérance et de respectabilité. Sa silhouette de lys, ses traits de levrette, précis et délicieux, ne peuvent être discutés. Les cubistes et quelques peintres à peu près aussi avancés ne goûteront pas ses portraits et ses pastels où le dessin est sûr, le coloris discret, le goût presque un peu raide. Libre à eux d'en sourire. L'Epatant, le Salon des Artistes Français, des jurys plus restreints et

d'une compétence infiniment plus raffinée n'ont jamais hésité
à l'admettre, à la saluer, enfin par leurs récompenses les plus
brillantes à la consacrer. Son étude de tulipes, ses images de
Colette, de la reine des Belges et de Madame Poincarré, dans une
salle du Luxembourg affirment aux yeux de tous la délicatesse
de sa psychologie, la grâce du léger instrument qui semble de
ses doigts couler sans effort, crayon coloré ou pinceau.

Comment à ses doubles collègues, les femmes jalouses, les
dénigrants rapins, a-t-elle su faire admettre sa supériorité, si
vite et si définitivement qu'aucune invention parodiante et aucune corrosive critique n'en pourraient plus arrêter le rayonne-
ment ? Depuis l'âge de six ans elle a toujours été attentive à
soi-même et bien élevée envers les autres. Petite fille, ses jeux
avaient de la méthode, ses révérences aux vieilles dames un inexprimable accent de charme et de déférence ; adolescente, elle
se courbait des heures sur son carton tout en gardant sa souplesse intacte pour l'heure de la danse et son amabilité fraîche
pour l'instant du flirt ; un peu plus tard, elle s'est enfermée à
l'atelier et elle a fait d'abondantes études de nu, sans que sa robe
portât jamais les traces de sa palette ni sa réputation, celles de
sa professionnelle impudeur. Elle a réussi ce tour de force d'in-
sinuer comme une sorte de nécessité, une évolution qui eût pu
froisser ou surprendre. Les gens de son monde, si pointilleux,
ont trouvé naturel qu'une fille de magistrat, au lieu de se pré-
parer uniquement au mariage et de se maintenir dans l'oisive
pénombre du gynécée, ait suivi une carrière et se soit créé, à
vingt-cinq ans, un nom public. Ajoutons qu'un mariage de
parfaite convenance est venu montrer à temps qu'elle satisfaisait
à tous ses devoirs et que cet hymen rapidement dénoué par la
mort l'a rendue plus estimable sans détourner vers des fatigues
souvent violentes et un bonheur toujours étroit des forces vouées
uniquement à illustrer la France sous les auspices d'Apollon
porte-palette.

Son succès, elle l'a dû autant peut-être qu'à ses vertus à ses
amis dont le choix était d'ailleurs une finesse et un mérite de
plus. Elle a trouvé en la Baronne Pichegru et en l'abbé Barentin exactement l'entourage qu'une femme seule dans la Vie peut
désirer. Expositions, concours, fiançailles et deuil : au moment
du saut périlleux comme à celui des trop enivrantes victoires
elle a toujours reçu d'eux le conseil qui oriente, l'encouragement
qui soutient, l'éloge sobre qui rafraîchit. Et tant experte et heu-
reuse est sa nature, même dans l'imprudence, que son amitié

avec la Princesse Leïla Erivan, une musulmane de Trébizonde, ne lui a jamais nui.

Pourtant, l'arrivée de la ravissante Levantine surprend un peu dans ce salon déjà solennisé par le portrait en pied du maréchal Niel, la tête de Marat assassiné, une immense ébauche du Serment du Jeu de Paume et qu'animent gravement chaque jour ou bien la présence du digne ecclésiastique ou celle de la Présidente du Syndicat des Veuves républicaines. Deux êtres si courageusement mesurés dans leur zèle comme si austères dans leurs concessions : car, si l'abbé fréquente des milieux hétéroclites et s'il risque des propos d'une subtilité et d'une audace quasi Anatole Francienne, c'est que, pour pêcher à l'Eglise les âmes dont on ne s'occupe généralement pas, il faut leur jeter des hameçons un peu excitants. Et la Baronne n'a accepté la direction d'un mouvement organisé par Gambetta que pour amener au catholicisme, tout en la gardant loyalement à la République, une œuvre conçue dans un esprit libre-penseur et pour rapprocher par là deux honorabilités qui s'ignorent fâcheusement, le Comme-il-faut laïque et le Comme-il-faut conservateur. Leur tâche à tous deux s'accompagne de quelque mélancolie : ce qui était facile au temps du Mélinisme est devenu ingrat en une saison où un Radicalisme sans mœurs triomphe, et où déjà menace le Socialisme. Mais une foi robuste les soutient, dont ils nourrissent en ses jours d'anémie leur amicale élève et ils sont convaincus qu'en dépit des sceptiques l'avenir appartiendra aux Idées raisonnables.

Depuis cinq ans, depuis son heureux veuvage, la vie de la jeune artiste coulait comme une eau lisse entre ses rives fleuries de marguerites et de myosotis. L'ecclésiastique et la jeune matrone venaient à des heures fixes lui apporter les lois du Devoir et toutes les Règles essentielles ; tandis que tantôt vers le crépuscule et tantôt sur les minuits la folle princesse de Cappadoce entrait en coup de vent pour renverser le pot-au-feu où cuisaient tant d'herbes salutaires et de philtres bourgeois. Mais sur ce parfait décor pesait un sentiment d'incomplet et d'inachevé, un reproche et un remords. Pudentienne les sentait monter en elle de ses profondeurs et faisait de grands efforts pour les étouffer. Elle s'alanguissait contre eux au son de ses rêveries, du murmure de sa célébrité, de la caresse des flûtes qui, pressées par de jeunes lèvres dévotement la berçaient. Hélas ! quoiqu'elle en eût, trop de circonstances la réveillaient.

Elle avait beau s'aveugler sur plusieurs points, celui-ci surgis-

(324)

sait clairement. Si après d'éclatants débuts le progrès de sa gloire
se figeait, si certaines distinctions légitimes, nomination de mem-
bre associé des Artistes Français, prix Benjamin Constant, ru-
ban de la Légion d'Honneur lui étaient refusées, c'est qu'il y
avait quelque chose contre elle. Pourquoi, malgré la lente douceur
de ses efforts, n'obtenait-elle que le portrait de Colette au lieu
de celui du Mâle le plus lauré, Pierre Loti ou Paul Bourget, le
pastel de la Présidente et non celui du Président ? Cette dernière
ambition, chère au cœur de tout Français peintre, était brisée
dans son essor, elle le sentait, par quelque obstacle juste et invin-
cible plutôt que par les intrigues d'une Cabale. La politesse
feutrée du Monde aurait pu assourdir et intercepter cette plainte
mystérieuse, mais la franchise de ses deux dignes amis la for-
çait d'en percevoir nettement, presque brutalement, l'écho. L'abbé
Barentin ne prononçait aucune parole, mais dans l'indéfinissable
ironie de son sourire, elle lisait, parfois, avec souci un avertissement. Madame Pichegru se montrait plus explicite. Sur ce
qui est le devoir et la raison d'être d'une femme, elle était in-
transigeante ; elle usait un peu âprement pour elle-même des
droits que Paul Hervieu a fait inscrire dans notre Code, et pour
les autres, pour ses amies surtout, elle était jalouse du point
d'honneur. C'était sur ses conseils énergiques que la résignée
Madame Havard avait repris possession d'un évadé, et que Madame Martin de l'Aude s'était prêtée aux exigences préliminaires
des médecins. D'un côté elle était la marraine d'une idylle con-
jugale et de l'autre de deux jumeaux.
    Vis-à-vis de son amie elle fut d'abord discrètement pressante.
C'est par des apologues et des allusions qu'elle lui indiquait, lui
soulignait même l'étrangeté de sa situation. Peu à peu l'évidence
pénétrait Pudentienne ; elle sentait avec une soudaine tristesse
qu'elle s'était trop légèrement crue délivrée, par trois mois d'un
insignifiant mariage avec un cachectique, de devoirs immenses.
Elle avait rusé avec la Société, et cette divinité impérieuse ne
l'absolvait pas. Cependant, le chemin de ses réflexions était,
comme l'allure habituelle de sa vie, si consciencieux et si allongé
que la Baronne Pichegru, s'impatientant, lui lança cette apos-
trophe : « Malgré des dons si distingués, malgré une vocation
incontestable que Dagnan-Bouveret m'affirmait l'autre jour, vous
ne serez, ma pauvre amie, en vous-même aussi bien que devant
le Public, qu'une femme et qu'une artiste incomplète. »
    Le coup porté à la suave calculatrice était rude : elle dut re-
garder en face le Taureau. Il avait, à vrai dire, plusieurs cornes ;

(325)

et avant de lui en briser une, elles les considéra toutes avec netteté. Une seconde union, elle n'avait pas le cœur de l'envisager puisque c'eût été sacrifier ce qu'elle avait si adroitement, et presque totalement, sauvé de la première. L'idée d'une liaison se présentait donc inexorablement. Bien des atavismes, bien des scrupules s'y opposaient ; mais comment sa gloire, à laquelle elle subordonnait tout, n'eût-elle pas obtenu d'elle ce sacrifice-là ? Son parti une fois pris, elle s'attarda quelques jours autour des modes. Puisqu'en somme il y en avait deux. Depuis peu de temps, des nouveautés déplorables étaient en vogue, surtout dans le Monde élégant et littéraire ; et Pudentienne qui se savait attaquée par bien des confrères et par un éminent critique, comme trop officielle, se demanda si sur ce terrain-là du moins elle ne ferait pas bien d'être tout à fait moderne.

Elle eut le courage de s'ouvrir de cette pensée à l'abbé Barentin. C'était d'autant plus facile qu'il adorait être consulté sur les cas les plus ingénieux ou les plus compliqués. Il écouta avec plaisir sa disciple ; mais, quand elle vit qu'elle attendait de lui, après des paradoxes généraux et charmants, une réponse précise, il eut comme un mouvement d'impatience et d'une nuance insensible lui laissant sentir l'inconvenance d'acculer à une responsabilité ses souples voltiges, se déroba à toute parole qui l'eût engagé et soit démodé, soit compromis. D'un regard à peine, d'un mot très spirituel et d'une anecdote il lui laissa entrevoir le mépris où les lettrés beaucoup plus attachés aux traditions antiques du sol gaulois qu'aux civilisations mortes de la Grèce et de Rome tenaient toute imitation de mœurs lointaines et tout hommage indiscret envers le rocher lesbien, si verdoyant jadis et si rasé maintenant.

Consultée aussi, Madame Pichegru fut, comme toujours, plus énergique que l'abbé et dans l'élan de sa réprobation prononça un mot qui ne saurait être répété ici. Rassurée, Pudentienne alla du côté où la portaient d'ailleurs ses pâles préférences et jeta un coup d'œil classificateur sur le cercle d'hommes où jusqu'à ce jour elle s'était plue.

Il fallait que son sacrifice fût complètement pur, et ne supportât aucune interprétation erronée. Aussi, bien que souffrît en elle l'artiste, et peut-être autant la femme, écarta-t-elle d'emblée ceux qu'elle n'eût pu être tentée de choisir que pour la perfection de leur taille ou le charme de leurs traits. Même elle résolut d'éviter à tout prix un joli garçon. Tout aussi bien, un homme notoirement laid : il y aurait eu là affectation ou excentricité et elle se serait compromise vis-à-vis des susceptibilités de l'opinion autant que par un fade béguin.

Elle comprit qu'il fallait aller aux qualités sérieuses, à un ensemble imposant, au Juste-milieu. Puisqu'il s'agissait d'une liaison longue et probablement unique, le candidat idéal ne serait spécialisé dans aucune carrière, dans aucun goût, dans aucun parti. Il devrait ouvrir beaucoup de portes et conduire au plus d'avenues possible ; par conséquent, avoir une occupation sérieuse tout en étant teinté de littérature, joindre des mérites militaires à une situation suffisamment civile, être à la fois prudent et ambitieux, sportif et clair-de-lunesque, spiritualiste et républicain. Et comme elle déroulait en elle-même ce catalogue, l'image de Jacques Péricat se présenta.

Officier de réserve et en même temps ingénieur, filleul de M. Léon Bourgeois, mais ancien catéchumène de Monseigneur Chapon, admis dans des milieux socialistes et naguère secrétaire privé de M. Alexandre Ribot, ayant eu un premier prix de tennis et des accessits au Concours général, doué enfin d'un lorgnon qui semblait garantir sa gravité et la froideur tout au moins relative de son tempérament : elle ne pouvait trouver mieux. Il importait qu'en étant à un amant elle restât surtout à l'Art ; et elle avait confiance dans la discrétion d'un homme qui avait toujours su faire une multiple et judicieuse répartition de son temps.

Chose décidée, chose faite. Le soir même de ce jour où elle s'était enfermée pour réfléchir, elle lançait une invitation à Jacques Péricat et dans les semaines qui suivirent, elle le vît régulièrement et souvent, le recevant chez elle à goûter et à dîner, ou se laissant emmener par lui à la Sorbonne et à l'Opéra. Inutile d'ajouter qu'elle se révélait à lui une femme nouvelle et par mille nuances réservées mais précises marquait ce qu'elle pouvait espérer de lui.

Elle eut pourtant une surprise. C'est que, s'il est facile de créer autour de soi une suggestion, la transformer est beaucoup plus ardu. Son vouloir de ne rien distraire d'elle-même en dehors de l'Art, de ne respirer et de n'agir que pour lui, était si absolu que ses admirateurs l'avait subi et qu'aucun d'eux — quelques-uns étaient pourtant assez fougueux de nature — n'avait osé dépasser auprès d'elle les limites d'une certaine galanterie permise : jeu de fleuret dont on sait qu'il n'ira jamais jusqu'aux coups.

Et voilà pourquoi, malgré son changement, elle trouvait Jacques Péricat obstinément plié sous le poids de l'habitude,

C'était désespérant. Certes elle ne souhaitait rien de brusque, mais elle eût voulu que chaque rencontre amenât, par de légères et imperceptibles manifestations, un progrès dans la voie du Désir, l'ascension d'une fervente et pourtant presque respectueuse conquête.

L'hiver avait passé ainsi. Un peu lasse mais encore obstinée (car il lui semblait que de se tourner vers un autre eût été en quelque sorte ternir sa vertu par une double aventure) elle continuait à déployer ses vaines et si raffinées séductions. Un jour de Mars, le goûter qu'elle offrit à Jacques était un véritable chef-d'œuvre. Les œillets corrects mariés dans les vases d'Orient aux odalisques tubéreuses, son propre parfum sévère dans l'atmosphère plus molle des essences brûlées, les petits fours noués de rubans et je ne sais quelle liqueur ancienne versée dans des gobelets vénitiens, tout cela constituait un concert de délicate, enlaçante et irréprochable volupté. L'insistance et la discrétion étaient si finement mêlées qu'un saint même eût été tenté.

Aussi Jacques se troubla-t-il sous ses verres honnêtes qui si constamment lui cachaient la Réalité. Sa coupe trembla dans ses mains et il risqua un aveu. Pudentienne laissa tomber sur lui un sourire de victoire olympienne. Mais elle avait mal prévu les écarts d'un tel cœur et elle était dangereusement perdue dans son assurance et sa rêverie lorsqu'éclatèrent soudain autour d'elle, sans transition, des fureurs de mâle.

Il s'était levé et gauchement mais résolument il la saisit. Affreux contact ! En notre jeune héroïne la stratège et la mondaine chancelèrent à la fois, et ce fut d'une voix loyalement peureuse qu'elle implora : « Rassoyez-vous, cher Monsieur, rassoyez-vous. Finissons tranquillement notre Tokay. » Cessant d'être aveugle, il devenait sourd et cette déchirante protestation, au lieu de l'adoucir, parut l'enhardir encore. Un sofa de Perse était proche : il s'efforça d'incliner vers ce meuble propice la palpitante artiste.

Ce fut sur le tapis, malheureusement, qu'ils roulèrent ensemble. Pudentienne avait mis dans sa résistance un élan qu'elle ne mesurait plus ; il n'avait pas, lui, le sens ni la longue pratique de la boxe amoureuse. Les lois de la Pesanteur sont inexorables. Ce fut d'une culbute épouvantable qu'ils tombèrent, elle sur la tête, lui un peu plus doucement matelassé. Peignes, agrafes, pince-nez sautèrent ensemble. Le désordre se propageait jusqu'aux choses. Les aiguières du buffet répandaient de rouges cascades, les tubéreuses défaillaient dans leurs vases ébranlés, la table aux frian-

dises leva, elle aussi, un pied en l'air parmi le glas tintant des
verreries brisées.

Pressés l'un contre l'autre et diversement étourdis, ils demeu-
rèrent dans une sorte d'hébètement. Au fond d'elle-même elle
voyait se lever ses parfaites aïeules, son Maréchal, les magistrats
de sa lignée ; la honte et un amer remords l'envahissaient. De
plus, elle qui avait tellement horreur des froissements physiques,
elle sentait, outre son mal de tête, poindre déjà l'aurore de la
Courbature.

Au bout d'un pénible moment elle osa tourner ses regards
vers son vainqueur. Elle l'espérait déjà confus et repentant.
Mais quelle compassion attendre d'un polytechnicien débridé ?
Horreur ! Une bouche audacieuse et maladroite effleura son nez,
elle sentit des lèvres humides descendre comme une chenille à
travers son visage.

Que fût-il advenu de la malheureuse Pudentienne si un coup
de sonnette aigu n'avait brusquement retenti ? Une même surprise les électrisa ; n'avait-elle pas sévèrement défendu sa porte,
n'avait-il pas reçu d'elle la compromettante assurance qu'elle
n'attendait aucune visite ? Ils surgirent péniblement, mus par un
même ressort et s'appuyant l'un à l'autre malgré leur hostilité
érotique. Ils étaient debout déjà et presque réparés lorsque la
cuisinière entra, annonçant d'une voix de mélopée : « Madame, c'est encore la quêteuse des Veuves républicaines. Elle
insiste. »

Pudentienne eut la force de dire : « Justine, j'ai un vertige »
et elle s'évanouit entre les bras de sa servante tandis que Jacques,
laissant sur le tapis un pince-nez et des illusions qu'il ne devait
jamais retrouver, s'enfuit comme un malfaiteur.

La malheureuse victime, ayant retrouvé ses sens, reposait
maintenant sur la Récamier de son cabinet de toilette. Elle avait
congédié Justine et n'osait la rappeler. Aussi, se remémorant avec
effroi la consigne de sa maison et combien son personnel était
exactement stylé, redoutait-elle l'apparition méduséenne de la
Baronne Pichegru et de l'abbé Barentin qu'elle avait recommandé
une fois pour toutes d'admettre, même « quand Madame ne re-
cevait pas ». Et, après un tel brisement de sa fierté et de ses nerfs,
subir le choc de tels censeurs, c'eût été au-dessus de son énergie.
Elle frissonnait comme le failli qu'on va saisir.

L'avertissement redoutable, le timbre doublé qui interprétait
« les intimes de Madame » retentit en effet. Inexprimable sou-
lagement ! au lieu d'eux ce fut Leïla. Et, comme une petite fille

(329)

battue qui voit apparaître sa grand'mère, de son lit d'accable-
ment elle souleva son visage vers la tendre Cappadocienne.

« Pudentienne, qu'avez-vous ? Vous êtes toute frissonnante et
pâle. » La voix avait une caresse où flottait toute la douceur des
cieux abandonnés, des rêves exilés.

A cet appel, les larmes inondèrent Pudentienne, et irrésistible-
ment elle se confessa. L'étrangère écoutait, attentive toujours,
émue souvent, parfois traversée du rapide éclair d'un sourire.
Quand le récit fut achevé, ses propres paroles jaillirent, toutes
basses maintenant et animées d'un souvenir profond : « Petite
sultane, je vais vous dire ce que murmurent ensemble les roses
d'Asie et les sages d'Ispahan. Je sais des femmes qui se sont
données, et même plusieurs fois, par illusion et par tendresse.
Malgré l'indéfini du Désir et l'imparfait de l'Etreinte, elles se
sont retrouvées pures et orgueilleuses devant elles-mêmes. Les
chemins et les erreurs de l'Amour mènent à une plus haute expé-
rience de l'invisible Soi. Mais, dès qu'on les calcule, les choses
de la Chair deviennent viles et ridicules autant que quand on les
dépouille bestialement de leur auréole. Pasiphaé ni Messaline ne
sont vos sœurs ; évitez d'être en face du Minotaure un Machiavel. Vous seriez plus à plaindre que ces désespérées. Vous êtes
froide et limpide, votre vie est un lac, avec trop de villas sur ses
bords. Démolissez-en quelques-unes, cherchez les forêts et ajoutez
leur silence à 'la sérénité des eaux. »

Leïla voyait se lever vers elle un regard noyé de pleurs, mais
docile et contrit. Ayant achevé, en un inexprimable geste de
grâce et d'absolution, elle posa sur le front repentant, parmi le
désordre des beaux cheveux, la fleur rapide de ses lèvres.

ANDRÉ GERMAIN.

(33o)

ÉTUDE POUR UN PORTRAIT

Inconsciemment, à se dévêtir, Anne imagina qu'elle s'évadait. D'une tresse dénouée par surprise, elle s'apparut libérée d'un moule. Puis, devant sa coiffeuse, elle requit des glaces une persuasion aisée.

Le jour s'usait aux vitres comme un rideau de mansarde. Cette idée, la jeune fille s'irrita qu'une nostalgie incolore, la sienne, s'y complût. Elle attendit qu'un lustre l'en délivrât.

Voici que l'amuse une touffe, dérisoire auprès des gerbes qui l'ont gâtée. Narcisses de la rue, avec l'inexpérience de quel art une main de petite fille les groupa ! Son goût flotte, en quête d'une verrerie appropriée.

Restaure sans fidélité, qu'importe ! une légende et qu'un regret survive à ce propos de fleurs ! On ne saurait gloser plus subtilement sur les mythes.

A son reflet l'assaut de rustre ! Héros pêcheur de lunes, sourit-elle, il eût gagné à de moins triviales représailles. A son goût plus de modération était de mise. L'histoire ne dit pas que Narcisse en fut offensé.

A présent, tu cèdes au scrupule raisonnable. Elle se reprit aux sentes frayées. Encline à ces jeux d'aventure, elle se fût prêtée au simulacre d'un enlèvement. Quant à choisir aux bras de quel ravisseur ! L'espoir de fuite nocturne s'affirmant, Rimbaud s'offrit :

Ce furent des pays noirs, des lacs, des perches,
Des colonnades sous la nuit bleue, des gares.

L'horizon qui s'ouvrait n'eut la complaisance des lambris. Le salon défendit son domaine. Une volute orangée s'exila de verts capricieux. Anne leva la tête. Une coquetterie gracieuse la sollicita :

D'une aquarelle de Marie Laurencin où minaudait, la main gantée, une fée de cette époque-là, n'éluder pour un visiteur que la ressemblance... Il fallut bientôt qu'elle se transformât, voulant tirer parti de séductions personnelles.

Aux menus bibelots s'assortirait mieux la chevelure en coquille châtaine ; à grosses fleurs blanches très stylisées, le peignoir bleu siérait aux céramiques et de brûle-parfums chanteraient haut les cuivres par le collier d'ambre, une concession voulue aux modes.

Un miroir consulté soutint l'harmonie. Le témoignage intime de ce conseiller triompha de quelque hésitation. Anne se vit châtelaine. Elle eût voulu dès lors qu'on l'appelât Isabeau.

Ce caprice, à défaut d'une oreille où le confier, elle s'avoua y tenir peu. Châtelaine, cela prenait une inflexion si douce par la voix ! Toujours ce mot, l'arcane pour elle d'une résurrection d'époque, armorié les hautes cheminées. Un velours se double d'hermine et très imprudemment s'éveillent les mandores. (Entourez, dames de jadis, un plus charmant trouvère.)

La songerie, essence avec lassitude évaporée par son geste, elle put vaporiser d'autres parfums. Ses doigts, pour la sagesse à tenir ainsi, la tourmentèrent. Y passer des bagues, n'était-ce un peu river le col des cygnes ? Elle ne se motiva guère plus l'échange pour la sardoine orangée d'une opale de Hongrie.

Et les feux d'acajou cédèrent. Peut-être n'y eut-il, ainsi, d'espoir immense que la petite pierre toute n'exprimât. Le chaton se vit baigner du songe multiple qu'Anne avait vu

la possibilité d'y enclore, avant d'agréer cette diversion
qu'une paresse fit jouer la gamme des blancs mous :

« *En sorte qu'une attirance m'allie aux Monelles...* »

Aucune abstraction ne pouvait du moins justifier ce dire,
en draps de lit toutes catégories d'écumes s'étant résu-
mées. La jeune fille aimait, sur les frontières de lucidité
qu'une ordonnance mystérieuse d'images instaurât des palais.
Comme elle entreprit de ce délice un repos futur, au seuil
du boudoir elle s'enquit malicieusement du pain qu'elle
émietterait aux oiseaux possibles du corridor.

1913.

André Breton.

TABLE DU TOME II

(335)

Pages

Le gérant : Paul Budry.

Imprimé à La Concorde.
LAUSANNE

(336)

LIVRES REÇUS :

Denis Thévenin :   Civilisation (Mercure de France).
Eugène Montfort :   La Belle-Enfant ou l'Amour à 40 ans (Fayard).
Emile Dermenghen : La vie affective d'Olivier Minterne (Crès).
Luc Durtain : Lise (Crès).
Edmond Jaloux : Fumées dans la campagne (Renaissance du Livre).

Les
ÉCRITS
NOUVEAUX

paraissant chaque mois

publient des poèmes, romans, nouvelles, essais,
chroniques, œuvres inédites
de

Gabriel d'Annunzio, Henri Barbusse,
Barbey d'Aurévilly, Pierre Benoit, André Billy,
J.-E. Blanche, Francis Carco, Claudien, Emile Clermont,
Henri Clouard, Tristan Derème, Charles Derennes,
Emile Despax, Georges Duhamel, Paul Fort, Elie Faure,
André Germain, René Gillouin, Jean Giraudoux,
Léo Larguier, Maurice Magre, Francis de Miomandre,
Comtesse de Noailles, Pierre Mac Orlan, Jean Pellerin,
Edmond Pilon, C. F. Ramuz, André Suarès, les Tharaud,
P. J. Toulet, Paul Valéry, Félix Vallotton,
Verhaeren, etc.

VENTE ET ABONNEMENT :

Le numéro : 1 fr. 50

Un an : { pour la France et la Suisse, **12** francs
{ pour les autres pays, **15** francs

A PARIS,

chez ÉMILE-PAUL, *frères*

100, Rue du Faubourg-Saint-Honoré

EN SUISSE :

RÉDACTION : Paul BUDRY — Lausanne.

Dépot : W. KUNDIG, librairie artistique — Genève.
— *Passage des Lions.* —